Analyse de l'œuvre

Par Ivan Sculier et Alice Rasson

Une vie

de Maupassant

lePetitLittéraire.fr

Rendez-vous sur lepetitlitteraire.fr et découvrez :

Plus de 1200 analyses
Claires et synthétiques
Téléchargeables en 30 secondes
À imprimer chez soi

GUY DE MAUPASSANT

ROMANCIER ET NOUVELLISTE FRANÇAIS

- **Né en 1850 à Tourville-sur-Arques (France)**
- **Décédé en 1893 à Paris**
- **Quelques-unes de ses œuvres :**
  - *Boule de suif* (1880), nouvelle
  - *Les Contes de la bécasse* (1883), recueil de nouvelles
  - *Bel-Ami* (1885), roman

Né en 1850, Guy de Maupassant est un écrivain français, auteur de six romans et de près de trois-cents nouvelles. Il passe sa jeunesse en Normandie, où il commence des études de droit. En 1870, il s'engage comme volontaire dans la guerre franco-prussienne, puis s'installe à Paris où il travaille comme fonctionnaire.

Gustave Flaubert (écrivain français, 1821-1880), qui est un ami de sa mère, le prend sous sa protection et l'introduit dans les milieux littéraires. Il fréquente alors les écrivains réalistes et naturalistes, dont Émile Zola (écrivain français, 1840-1902). De 1880 à 1890, il écrit des romans (*Une vie*, *Bel-Ami*, etc.) et de nombreuses nouvelles réalistes (*Boule de suif*, *La Maison Tellier*, etc.) ou fantastiques (*Le Horla*, *La Peur*, etc.) dans lesquelles il rend compte de sa vision pessimiste de la société. Il sombre dans la folie en 1890 et meurt trois ans plus tard.

UNE VIE

UNE VIE SYNONYME DE DÉSENCHANTEMENT

- **Genre :** roman réaliste
- **Édition de référence :** *Une vie*, Paris, Pocket, coll. « Classiques », 1998, 293 p.
- **1re édition :** 1883
- **Thématiques :** mariage, adultère, souffrance, tristesse, désillusion, Église, nature, nostalgie.

Une vie est le premier roman de Maupassant, paru d'abord en feuilleton dans le *Gil Blas*, puis en volume en 1883. L'auteur, habitué à écrire des nouvelles, a éprouvé certaines difficultés à achever un roman entier.

L'œuvre retrace l'histoire de Jeanne, depuis sa sortie du couvent jusqu'à sa vieillesse. Il est difficile de déterminer si Maupassant s'est inspiré de faits réels car on ne connait que les prénoms des personnages et le nom de certains lieux. Les principaux thèmes abordés sont le mariage et l'adultère, la naissance et l'éducation, l'Église, la vieillesse, la déception et la souffrance. Le sujet est traité avec réalisme, et Maupassant mêle avec brio descriptions, réflexions intérieures et dialogues.

RÉSUMÉ

CHAPITRES I-IV

Jeanne, la fille d'un baron, quitte le couvent dans lequel elle a grandi. Ses parents, ainsi que la servante Rosalie, sont venus la chercher. Tous rentrent au manoir des Peuples. Lors de sa première nuit, Jeanne ne parvient pas à trouver le sommeil tant elle est excitée. Ses pensées sont assiégées par des rêveries d'amour : elle est enfin en droit d'aimer et s'apprête à jouir pleinement de son bonheur.

Alors que la routine s'installe petit à petit aux Peuples, l'abbé Picot vient annoncer l'arrivée du vicomte de Lamare. La baronne, sensible aux titres de noblesse, est pressée de le rencontrer, ce qui ne tarde pas.

Un beau jour, lors d'une promenade en bateau, Jeanne et le vicomte profitent de l'occasion pour se rapprocher. L'idée d'une union germe alors chez leurs parents. À la suite de cet épisode, Jeanne, une fois seule, se sent troublée et confuse. Elle se demande si elle n'est pas en train de tomber amoureuse.

Rapidement, le vicomte demande au baron la main de sa fille, mais, en bon père, ce dernier n'y consent qu'après avoir consulté Jeanne. Celle-ci accepte, et l'on décide que le mariage aura lieu en petit comité. Seule la tante Lison, sœur de la baronne, est invitée. C'est une vieille fille qui vit seule et à qui personne ne s'intéresse ; elle est insignifiante aux yeux de tous.

À la suite de la cérémonie, il faut consommer le mariage, perspective qui jette un froid dans la maisonnée : chacun se sent embarrassé, excepté Jeanne, qui ignore encore ce dont il s'agit. Lorsque le moment arrive, Jeanne vit mal la brutalité de son mari, et se sent indignée, blessée et honteuse.

CHAPITRE V

Quelques jours plus tard, le couple part en voyage de noces en Corse.

Ce chapitre divise l'œuvre en deux parties : on distingue le temps d'avant la Corse et celui d'après. Il s'agit sans doute du dernier moment de sa vie où Jeanne se sent encore pleinement heureuse. Elle s'extasie devant la nature et profite de l'amour qu'elle partage avec son époux. Néanmoins, c'est durant ce voyage que Julien montre les premiers signes de son avarice future.

CHAPITRES VI-X

De retour aux Peuples, Jeanne se sent triste. Elle réalise qu'elle n'a plus d'avenir et plus aucun rêve à réaliser. De plus, Julien ne lui porte plus attention. Le couple commence à faire chambre à part.

Un an après le mariage, les parents de Jeanne quittent les Peuples, ce qui accroit encore le malaise de la jeune femme.

Rosalie, la servante, est, elle aussi, moins gaie qu'auparavant. De plus, elle accouche d'un enfant bâtard et refuse de révéler le nom du père. Julien veut la chasser, mais Jeanne s'y oppose. Quelques jours plus tard, alors que la relation du couple semblait s'améliorer, Jeanne surprend Rosalie dans le lit de Julien. Écœurée, elle s'enfuit. Sa vie s'écroule.

Après une période de convalescence, Jeanne raconte toute l'histoire à ses parents, qui ne peuvent rien pour elle. Elle comprend que Julien est le père de l'enfant de Rosalie et, au même moment, elle apprend qu'elle est, elle aussi, enceinte. Elle attend son enfant sans aucun enthousiasme. Néanmoins, le jour où Paul vient au monde, elle le vit comme une libération : cette naissance augure beaucoup de joie et lui donne un nouveau but. Elle se consacre entièrement à son fils.

Contre l'avis de Julien, le baron dote Rosalie de 20 000 francs afin qu'elle trouve un mari.

Remise de l'accouchement, Jeanne peut accompagner Julien chez leurs voisins, les Fourville, pour qui elle a beaucoup de sympathie. Cependant, un jour, alors que Jeanne se promène seule dans la nature, elle découvre que son mari entretient une liaison avec la comtesse de Fourville. Elle choisit de se taire. Toutefois, cette révélation l'enfonce davantage encore dans sa répulsion pour les plaisirs charnels.

Lors de la visite annuelle des parents de Jeanne aux Peuples, la baronne est en mauvaise santé. Elle meurt quelques jours après son arrivée. Jeanne, accablée d'un profond chagrin, découvre en lisant la correspondance de sa mère que celle-ci a entretenu une liaison adultère.

Se sentant encore plus seule, Jeanne désire un second enfant et, par ruse, parvient à tomber enceinte.

Entretemps, l'abbé Piccot est remplacé par l'abbé Tolbiac. Celui-ci, rigide et austère, ne jouit d'aucune popularité. Il insiste pour que Jeanne dénonce la relation adultère de Julien, mais elle ne peut s'y résoudre. Le prêtre est furieux. Quelques jours plus tard, il rend visite au comte de Fourville, suite à laquelle le comte, fou de rage, vraisemblablement en raison de la terrible révélation faite par le prêtre, part à la recherche des deux amants, les surprend et les tue. Jeanne, accablée, accouche le soir même d'un enfant mort-né.

CHAPITRES XI-XIV

Paul est élevé par Jeanne, le baron et tante Lison, qui le chérissent. Le seul ami de l'enfant est un chien appelé Massacre.

À 12 ans, Paul ne peut pas passer sa communion car son éducation religieuse est insuffisante. Trois ans plus tard, on l'envoie au collège bien que Jeanne tente de s'y opposer. En grandissant, ses visites aux Peuples se font de plus en plus rares. Un jour, on apprend que Paul s'est endetté. Sa famille l'aide, mais il recommence. Il part alors pour Londres avec son amante et ne donne des nouvelles aux siens que lorsqu'il a besoin d'argent.

Quand le baron et tante Lison meurent à leur tour, Rosalie revient auprès de son ancienne maitresse afin de la soutenir. La vieille servante force Jeanne à ne plus aider Paul et à vendre les Peuples.

Jeanne, voulant désespérément revoir son fils, entreprend

un voyage à Paris. Mais, une fois sur place, elle apprend que Paul a déménagé.

Peu après son retour, elle se rend aux Peuples avec Rosalie et y trouve une lettre dans laquelle elle apprend que son fils vient de déménager. Paul requiert son aide : il explique que sa femme est mourante suite à son accouchement et il ne sait que faire de sa fille. Jeanne trouve en cette lettre une immense consolation. Rosalie va donc chercher l'enfant de Paul, dont Jeanne et elle décident de s'occuper.

ÉTUDE DES PERSONNAGES

JEANNE

Jeanne est la protagoniste du roman. Le récit se concentre essentiellement sur son existence. En outre, c'est à travers son regard que le lecteur perçoit la majeure partie du récit.

Semblant résignée face à son destin, elle demeure passive et subit ce qui lui arrive. En outre, sa vie se compose essentiellement de faits anodins, versant ainsi dans la banalité.

Néanmoins, au début du roman, ce personnage s'illustre par sa joie de vivre et sa foi en l'avenir. Après avoir passé cinq ans dans un couvent, elle se sent prête pour affronter la vie. Elle éprouve donc un sentiment de grande liberté :

> « Mais Jeanne, sous ce ruissellement tiède, se sentait revivre ainsi qu'une plante enfermée qu'on vient de remettre à l'air ; et l'épaisseur de sa joie, comme un feuillage, abritait son cœur de la tristesse » (p. 31)

C'est donc un personnage jovial et plein de rêve et d'espoir qui nous est présenté dans les premières pages du roman. Cette première période se caractérise par l'attente de l'amour, les rêveries ainsi que les contemplations de la nature. Elle rencontre alors Julien et ses attentes sont comblées puisqu'ils se marient.

Cependant, les désillusions suivent de peu cette période euphorique. Elles émergent dès le retour de leur voyage de noces, au moment où Julien ne semble plus être l'homme galant des premiers jours : « Ses relations avec Julien avaient changé complètement. Il semblait tout autre depuis le retour de leur voyage de noces, comme un acteur qui a fini son rôle et reprend sa figure ordinaire. » (p. 110) À partir de là, les pensées de Jeanne se noircissent, sa joie de vivre et son espoir s'atténuent. Cette période de déception va de pair avec un sentiment de lassitude et d'ennui que nourrissent les habitudes : « L'habitude mettait sur sa vie une couche de résignation pareille au revêtement du calcaire qui certaines eaux déposent sur les objets. » (*ibid.*)

Dès ce moment, Jeanne n'a plus aucun idéal. Elle ne garde donc ses rêves et ses projets que durant peu de temps : le temps les érode, puis les efface.

Finalement, une troisième période caractérise le personnage de Jeanne : sa maternité. L'amour qu'elle éprouve pour son fils la rend possessive. Il aboutit en folie obsessionnelle dès que Paul entretient une jeune fille dont il est amoureux : « elle souffrait surtout d'une jalousie inapaisable contre cette femme inconnue qui lui avait ravi son fils. » (p. 256)

JULIEN DE LAMARE

Julien de Lamare est le mari de Jeanne. Jeune et beau, il fait sa connaissance alors qu'elle sort du couvent et qu'elle désire profiter pleinement de l'existence.

Les premières descriptions physique et psychologique du personnage sont plutôt positives :

« Le vicomte s'inclina, dit son désir ancien déjà de faire la connaissance de ces dames et se mit à causer avec aisance, en homme comme il faut, ayant vécu. Il possédait une de ces figures heureuses dont rêvent les femmes et qui sont désagréables aux hommes. » (p. 52)

Dans un premier temps, Julien est donc un candidat idéal. Bien que de sang noble, il ne possède pourtant pas d'héritage. Deux mois après s'être rencontrés, ils se marient.

Dès que l'union a été conclue, Julien montre son vrai visage. En effet, ses défauts se manifestent ; il est avare, violent et égoïste. Par ailleurs, désintéressé par Jeanne, il ne l'a épousée que par intérêt financier. Son hypocrisie et le double jeu qu'il joue sont mentionnés à de nombreuses reprises : « Il était devenu un étranger pour elle, un étranger dont l'âme et le cœur lui restaient fermés [...] » (p. 111). En outre, il est également infidèle.

Dans un premier temps, il trompe son épouse avec Rosalie, la servante. Par la suite, il entretient une relation avec la baronne de Fourville.

Il mourra, avec son amante, dans un accident.

LE BARON ET LA BARONNE

Le baron n'est pas un personnage très important du récit. Bon père, mari brave soumis aux caprices de son épouse et beau-père ayant du mal à tenir tête à son gendre, il n'est pas un patriarche très imposant. Il est bon, mais faible.

La baronne, en revanche, offre plus à dire. Tout d'abord, elle sert de réceptacle aux critiques que Maupassant se plait à adresser à la noblesse : il stigmatise à travers ce personnage l'hypocrisie et, surtout, la futilité des préoccupations de la noblesse provinciale déclinante de cette époque. Ce déclin de la noblesse est par ailleurs métaphorisé par la lente dégradation de la santé de la baronne. La comparaison peut être faite avec Emma Bovary, la protagoniste du roman de Flaubert, *Madame Bovary*, paru en 1857. Toutes deux vivent et s'ennuient en province, palliant leur mélancolie par une vie émotionnelle riche de rêves suscités par la lecture. Aussi entretiennent-elles toutes deux une relation adultère qui fut, semble-t-il, plus réussie que leur relation avec leur mari.

CLÉS DE LECTURE

LE RÉALISME DE MAUPASSANT

Le réalisme ne s'est pleinement constitué comme courant littéraire que dans la seconde moitié du XIXe siècle. Les grands représentants du genre, outre Maupassant, sont Stendhal (1783-1842), Flaubert ou encore Balzac (1799-1850).

Le réalisme est défini comme l'imitation du réel ou, pour reprendre l'expression de Champfleury (théoricien du réalisme, 1821-1889), comme « la sincérité de l'art ». Il s'agit donc, pour l'écrivain, d'être le plus objectif possible dans l'écriture. Il ne cherche plus à imaginer, à intellectualiser ou encore à idéaliser ce qu'il décrit ; il cherche au contraire à dire le réel tel qu'il est. Il est important de remarquer que l'écriture de Maupassant se révèle souvent moins objective que celle de la plupart de ses confrères réalistes. En effet, dans *Une vie*, la majorité des scènes sont perçues à travers le regard de Jeanne. Les perceptions et sentiments de l'héroïne rythment les nombreuses descriptions, faussant l'objectivité de l'œuvre. C'est là une importante spécificité du réalisme de Maupassant.

D'autre part, les écrivains réalistes sont révoltés et cherchent, en décrivant le réel, à dénoncer le monde tel qu'il est. Proclamant que tout est digne d'intérêt, ils en déduisent que l'on peut écrire sur tout. Ceci implique que la littérature s'intéresse désormais aux basfonds de la société, ce qu'elle rechignait à faire auparavant. Les romantiques écrivaient sur l'homme, les réalistes écrivent sur l'homme dans son état social. La littérature se fait dès lors politique, et l'écrivain a désormais un rôle social : il ne se prend plus pour un génie isolé et incompris comme le faisait auparavant l'écrivain romantique.

UNE ŒUVRE PROCHE DU NATURALISME

Maupassant et le naturalisme

Néanmoins, l'écriture de Maupassant ne se limite pas au réalisme. En effet, son style frôle également le naturalisme, bien qu'il n'y adhère pas totalement non plus. Le naturalisme est un courant littéraire qui se développe également au XIXe siècle et qui entend rénover le réalisme alors en vogue. Les deux courants, liés par un lien de parenté, présentent de nombreux points communs.

Le naturalisme fait du roman une étude scientifique et expérimentale du réel en partant d'un double postulat : les individus sont influencés par le déterminisme social (le milieu socioéconomique dans lequel ils évoluent), ainsi que par le déterminisme génétique (la transmission de caractères moraux et physiques de génération en génération). Les écrivains naturalistes mettent ainsi en scène, dans leurs œuvres, des individus particuliers, dans un milieu donné, puis ils en dégagent la succession des faits. Pour ce faire, les naturalistes fondent leurs romans sur l'observation de la nature et sur une solide recherche documentaire.

Maupassant est généralement associé à ce courant car il a fait partie d'un groupe littéraire, le groupe de Médan, qui, avec Zola (chef de file du naturalisme, 1840-1902) et les frères Goncourt (Edmond, 1822-1896 ; Jules, 1830-1870), a engendré le naturalisme. En outre, on peut associer l'écriture de Maupassant au naturalisme car celui-ci se pose en observateur des hommes, de leur nature de leur milieu et de leur environnement social. Néanmoins, contrairement aux grands représentants du mouvement, il refuse de baser ses écrits sur des recherches documentaires.

Le rapport à la nature dans *Une vie*

C'est à travers les correspondances tissées entre les personnages et leur milieu naturel que s'illustre, entre autres, le naturalisme d'*Une vie*. L'observation du milieu naturel et l'abondance des descriptions de la nature et des saisons caractérisent ce premier roman de Maupassant.

Plus qu'un simple environnement, la nature vient influencer les émotions des personnages et entre littéralement en contact avec eux. Une relation intime vient unir le personnage de Jeanne à la nature. À de nombreuses reprises, des connexions sentimentales ou même charnelles se tissent entre ce personnage et les éléments de la nature :

> « Et lentement, crevant les nuées éclatantes, criblant de feu les arbres, les plaines, l'Océan, tout l'horizon, l'immense globe flamboyant parut. Et Jeanne se sentait devenir folle de bonheur. Une joie délirante, un attendrissement infini devant la splendeur des choses noya son cœur qui défaillait. C'était son soleil ! son aurore ! le commencement de sa vie ! le lever de ses espérances ! Elle tendit les bras vers l'espace rayonnant, avec une envie d'embrasser le soleil ; elle voulait parler, crier quelque chose de divin comme cette éclosion du jour ; mais elle demeurait paralysée dans un enthousiasme impuissant. » (p. 40-41)

> « Il lui semblait qu'elle jetait un peu de son cœur à tous
> les plis de ces vallons. Elle se mit à prendre des bains avec
> passion. Elle nageait à perte de vue, étant forte et hardie et
> sans conscience du danger. Elle se sentait bien dans cette
> eau froide, limpide et bleue qui la portait en la balançant. »
> (p. 45)

Toute une terminologie liée aux sentiments comme la ten-
dresse, l'amour ou l'euphorie se met donc en place dans les
passages qui mettent en scène Jeanne observant la nature,
comme en témoignent les termes « cœur », « bonheur »,
« joie », « envie », « embrasser », « enthousiasme », ou
encore « passion » que l'on retrouve dans ces deux extraits.

UN TITRE AMBIGU

Le titre du roman est remarquable par son imprécision,
son indéfinition et, surtout, son ambivalence. À sa lecture,
la première question qui se pose est : laquelle ? Rien ne
permet de déterminer avec certitude qu'il s'agisse d'une vie
en particulier, que ce soit celle de l'héroïne, Jeanne, ou celle
d'un des autres personnages principaux de l'œuvre. Une vie,
c'est à la fois toutes ces vies et aucune d'entre elles.

Dès lors, le lecteur peut également considérer que le titre
fait écho à « la vie » dans son sens général. Il s'agirait donc
d'un titre à portée beaucoup plus large et ambitieuse. Mais
une telle ambition contraste fortement avec celle de ne
rapporter que les faits d'une vie banale et isolée (celle de
Jeanne).

L'ambigüité du titre ne fait donc pas de doute :

- il est d'une part commun, ayant pour but de désigner un récit portant sur des faits eux aussi communs et racontés de façon linéaire, sans dramatisation – auquel cas banalité et platitude peuvent être considérées comme les mots d'ordre de l'œuvre.

Le sous-titre *L'Humble Vérité* concorde avec cette interprétation ambigüe du titre. Une telle expression se veut d'une part la plus modeste possible, l'adjectif « humble » renvoyant directement à l'idée d'humilité du projet de l'auteur, d'autre part elle se révèle fort ambitieuse : Maupassant s'apprête à nous révéler la vérité.

UNE ÉCRITURE POÉTIQUE

Malgré le grand réalisme de Maupassant et en dépit des nombreuses descriptions précises qu'il fait de l'environnement social et naturel des personnages, son écriture n'en est pas moins poétique. En effet, de nombreuses figures de style (comparaisons ou encore métaphores) rythment les descriptions de l'auteur. Ces analogies viennent mettre en correspondance des éléments issus de champs sémantiques bien différents, et rendent lesdites descriptions très imagées. Le lecteur peut donc mieux visualiser les objets décrits.

Au début du roman, alors qu'il décrit les conditions météorologiques dans lesquelles se déroule l'incipit, Maupassant fait intervenir une description d'ordre culinaire : « Le ciel bas et chargé d'eau semblait crevé, se vidant sur la terre, la délayant en bouillie, la fondant comme du sucre. » (p. 27) Plus loin, c'est le monde animal qui vient illustrer une description émotionnelle : « Il semblait à Jeanne que son cœur s'élargissait, plein de murmures comme cette soirée claire, fourmillant soudain de mille désirs rôdeurs, pareils à ces bêtes nocturnes dont le frémissement l'entourait. » (p. 39)

Finalement, c'est encore une comparaison qui décrit la jeune femme : « Elle avait été fort jolie dans sa jeunesse et plus mince qu'un roseau » (p. 47).

UN INCIPIT SIGNIFICATIF

Le récit s'ouvre sur une phrase essentielle : « Jeanne, ayant fini ses malles, s'approcha de la fenêtre, mais la pluie ne cessait pas. » (p. 17) Elle est annonciatrice de nombreux éléments de l'œuvre. Ainsi, elle reprend déjà deux des thèmes principaux du livre :

- **le voyage**. Chaque voyage entrepris par Jeanne est capital pour le développement du personnage. Le premier a lieu lorsqu'elle quitte le couvent pour entrer dans le monde réel. Le second est son voyage de noces, qui marque un tournant dans sa vie : la fin de son existence paisible et heureuse. Par la suite, elle entreprend encore deux voyages : lorsqu'elle quitte les Peuples avec sa servante et lorsqu'elle part à Paris dans une dernière tentative désespérée pour retrouver son fils ;
- **l'eau**. Cet élément représente plusieurs choses pour Jeanne : tout d'abord, la mer, qui symbolise son attachement pour son pays, attachement que l'auteur partage

vraisemblablement avec son personnage ; ensuite, la pluie, qui s'oppose au soleil et qui rappelle la mélancolie ressentie par Jeanne à de nombreuses reprises, le soleil rappelant à Jeanne son voyage en Corse.

Par ailleurs, cet incipit introduit également une des techniques narratives développées tout au long du roman. Il s'agit de la description du monde à travers les yeux de Jeanne. Bien que rédigée à la troisième personne, l'œuvre est constamment rendue subjective par ce procédé. Le lecteur partage ainsi les sentiments et les sensations de l'héroïne.

LES THÈMES DE L'AMOUR ET DU MARIAGE

Maupassant porte systématiquement sur le mariage et l'amour un regard particulièrement pessimiste. En effet, il n'y a, dans l'ensemble de son œuvre, aucun mariage parfaitement heureux. Bien entendu, *Une vie* ne fait pas exception à la règle.

L'amour et le désir se confondent dans le chef des personnages. Ils ne parviennent pas à faire la part des choses. Cela les mène à transformer l'amour en une quête de domination presque bestiale. Ainsi, dans cette œuvre, il semble que Julien n'ait jamais aimé Jeanne. Au-delà du côté intéressé de son mariage, il n'a cherché à la séduire que comme on cherche à gagner quelque concours, à relever quelque défi. Il n'avait pour but que la conquête, la possession. Mais Jeanne elle-même n'est pas sure d'avoir un jour réellement aimé son mari. Jeune, pudique, innocente et naïve, elle désirait l'amour et elle s'est précipitée les yeux fermés lorsqu'elle a cru le trouver.

Le mariage révèle souvent chez Maupassant l'échec de l'amour. L'union de deux êtres n'apporte au final rien aux personnages. Elle ne fait que mettre en avant les défauts des protagonistes et les accroit avec le temps. Une fois mariée, la femme se retrouve officiellement et irréversiblement subordonnée à son mari.

Dans *Une vie*, deux mariages échappent toutefois, en apparence, à cette conception pessimiste. Ce sont ceux des parents de Jeanne et des Fourville. Mais, en vérité, ces mariages parviennent à maintenir l'impression de bonheur uniquement parce qu'ils ont été entretenus par l'adultère, comme si l'adultère était à la fois une conséquence au mariage et une condition à son maintien.

LE THÈME DE LA NAISSANCE

Trois femmes accouchent dans *Une vie* : d'abord Rosalie, suivie de peu par Jeanne et, enfin, la maitresse de Paul, le fils de Jeanne.

- Le fils de Rosalie est un enfant bâtard, résultat de la relation extraconjugale que celle-ci a entretenue avec Julien. La découverte de cette vérité est très dure pour Jeanne et signe le renvoi de Rosalie.
- Lorsque Jeanne apprend qu'elle est enceinte, elle n'en éprouve aucune joie car c'est le fils de son mari, qu'elle déteste. Il portera son nom, et c'est son sang qui coulera dans ses veines. Néanmoins, une fois venu au monde, l'enfant occupe toute la place dans le cœur de Jeanne. Plus rien d'autre n'a d'importance à ses yeux. L'amour

maternel prend le dessus sur tout. Cette naissance est donc un réconfort pour Jeanne, alors que, pour Rosalie, sa maternité fut l'élément déclencheur d'un malheur. Par la suite, Jeanne, se voilant la face, refuse d'accepter que son fils grandisse. Elle veut le garder éternellement auprès d'elle, rien que pour elle. Son départ forcé la fait d'ailleurs souffrir. Mais elle souffre plus encore lorsqu'elle apprend qu'il a une maitresse. Jalouse, elle a alors l'impression qu'une autre femme lui a volé son enfant et se sent abandonnée. Petit à petit, Paul fuit le cocon familial en partant à l'étranger. Il ne donne des nouvelles à sa famille que pour réclamer de l'argent que Jeanne n'a jamais la force de lui refuser, quitte à se ruiner.

- Jeanne retrouve sa paix intérieure grâce au troisième accouchement. La maitresse de Paul meurt en donnant la vie à une petite fille. C'est pour Jeanne la fin de sa rivale et le retour de son bébé. En effet, avec l'aide de la servante Rosalie, elle recueille sa petite-fille. C'est comme un juste retour des choses.

- Autant Paul fut conçu dans un moment de désillusion et, en grandissant, fut pour sa mère une source intarissable de soucis et de misères, autant la fille de Paul se révèle salvatrice pour la vieille femme. Ainsi, on sent la vie de Jeanne se boucler et le récit trouve une échappatoire moins dramatique que ce que le lecteur appréhendait.

LE THÈME DE LA NOSTALGIE

La nostalgie est un sentiment qui revient ponctuellement dans le roman et qui touche deux de ses personnages en particulier : Jeanne et sa mère. La solitude, l'ennui et la routine sont les motifs qui précèdent l'apparition de cette émotion :

> « Mais voilà que la douce réalité des premiers jours allait devenir la réalité quotidienne qui fermait la porte aux espoirs indéfinis, aux charmantes inquiétudes de l'inconnu. Oui, c'était fini d'attendre. Alors plus rien à faire, aujourd'hui, ni demain ni jamais. Elle sentait tout cela vaguement à une certaine désillusion, à un affaissement de ses rêves. » (p. 105)

Ce sentiment de nostalgie est ambigu dans le roman parce qu'il est parfois connoté positivement (« des mélancolies délicieuses », p. 172) ou s'accompagne de désillusions voire d'un alanguissement profond Dans ces cas-là, les personnages semblent avoir perdu tout gout à la vie :

> « En elle se développait une espèce de mélancolie méditante, un vague désenchantement de vivre. Que lui eût-il fallu ? Que désirait-elle ? Elle ne le savait pas. Aucun besoin mondain ne la possédait ; aucune soif de plaisirs, aucun élan même vers des joies possibles ; lesquelles d'ailleurs ? Ainsi que les vieux fauteuils du salon ternis par le temps, tout se décolorait doucement à ses yeux, tout s'effaçait, prenait une nuance pâle et morne. » (p. 110)

Un des motifs relayant cette thématique de la nostalgie sont les reliques, témoins du passé, qui plongent les personnages dans leurs souvenirs. Les reliques s'apparentent à des signes qui stimulent l'expérience mnésique des personnages. Par exemple, Jeanne éprouve des difficultés à faire le deuil de la mort de sa mère à cause de tous les objets qui lui rappellent cet être cher à ses yeux. C'est aussi le cas lorsque Jeanne découvre des caisses de vieux souvenirs dans son grenier et qu'elle entreprend de tisser la frise chronologique de sa vie en faisant un considérable effort de mémoire. Ces objets banals du quotidien sont chargés d'un sens que leur donne le personnage de Jeanne puisqu'ils viennent représenter les différentes périodes de son passé.

Une vie de Guy de Maupassant offre une écriture originale et complexe, à la fois réaliste et poétique. Inscrit dans le courant du réalisme, il n'en est pas moins naturaliste, comme en témoignent les relations qui se nouent entre les personnages et la nature. Maupassant y aborde des thèmes universels comme l'amour, la maternité ou la nostalgie tout en les teintant du contexte historique qui est le sien et des conventions sociales qui régissent les relations sociales de l'époque.

PISTES DE RÉFLEXION

QUELQUES QUESTIONS POUR APPROFONDIR SA RÉFLEXION...

- Analysez l'incipit de l'œuvre. En quoi représente-t-il l'œuvre entière ?
- Quel est le message que le roman fait passer sur le mariage ?
- Expliquez l'évolution de l'image de l'Église catholique qu'offre le roman.
- Pourquoi peut-on dire que le chien Massacre est symbolique ?
- Comparez l'attitude de Jeanne avant son voyage de noces et après.
- Qu'apporte la tante Lison au récit ? Quel est son rôle ?
- Comparez Jeanne et sa mère.
- Pensez-vous que l'auteur soit du côté du personnage principal ?
- Que pensez-vous de la conclusion de l'œuvre ? Pensez-vous que Maupassant avait pour ambition de faire passer un message particulier ?
- Qu'est-ce qui relie ce roman, d'une part au réalisme, d'autre part au naturalisme ? Expliquez.
- Quelles similitudes peut-on relever entre *Une vie* et *Madame Bovary* de Flaubert ?

Votre avis nous intéresse !
Laissez un commentaire sur le site de votre librairie en ligne
et partagez vos coups de cœur sur les réseaux sociaux !

POUR ALLER PLUS LOIN

ÉDITIONS DE RÉFÉRENCE

- MAUPASSANT G. DE, *Une vie*, Paris, Pocket, coll. « Classiques », 1998.
- MAUPASSANT G. DE, *Une vie*, Paris, Gallimard, coll. « Folio », 1974.

ADAPTATIONS

- *Une vie*, film d'Alexandre Astruc, avec Maria Schell et Christian Marquand, France, 1958.
- *Une vie*, téléfilm d'Élisabeth Rappeneau, avec Barbara Schulz et Boris Terral, France, 2004.

SUR LEPETITLITTÉRAIRE.FR

- Commentaire de texte sur l'incipit de *Bel-Ami* de Guy de Maupassant.
- Commentaire de texte sur le dénouement de *Boule de suif* de Guy de Maupassant.
- Commentaire de texte sur la préface de *Pierre et Jean* de Guy de Maupassant.
- Commentaire de texte sur l'incipit d'*Une vie* de Guy de Maupassant.
- Fiche de lecture sur *Bel-Ami*.
- Fiche de lecture sur *Boule de suif*.
- Fiche de lecture sur *La Maison Tellier* de Guy de Maupassant.
- Fiche de lecture sur *La Parure* de Guy de Maupassant.

- Fiche de lecture sur *La Peur et autres contes fantastiques* de Guy de Maupassant.
- Fiche de lecture sur *Le Papa de Simon* de Guy de Maupassant.
- Fiche de lecture sur *Les Contes de la Bécasse* de Guy de Maupassant.
- Fiche de lecture sur *Le Horla* de Guy de Maupassant.
- Fiche de lecture sur *Mademoiselle Perle et autres nouvelles* de Guy de Maupassant.
- Fiche de lecture sur *Pierre et Jean*.
- Questionnaire de lecture sur *La Maison Tellier* de Guy de Maupassant.
- Questionnaire de lecture sur *La Parure*.
- Questionnaire de lecture sur *Le Papa de Simon*.
- Questionnaire de lecture sur *La Maison Tellier*.

L'éditeur veille à la fiabilité des informations publiées, lesquelles ne pourraient toutefois engager sa responsabilité.

© **LePetitLittéraire.fr, 2016. Tous droits réservés.**

www.lepetitlitteraire.fr/

ISBN version numérique : 978-2-8062-1905-3
ISBN version papier : 978-2-8062-1412-6
Dépôt légal : D/2013/12603/309

Avec la collaboration d'Alice Rasson pour l'étude des personnages de Jeanne et de Julien de Lamare ainsi que pour les chapitres suivants : « Le rapport à la nature dans *Une Vie* », « Une écriture poétique » et « Le thème de la nostalgie ».

Conception numérique : Primento,
le partenaire numérique des éditeurs.

Ce titre a été réalisé avec le soutien de la Fédération Wallonie-Bruxelles, Service général des Lettres et du Livre.

Retrouvez notre offre complète sur lePetitLittéraire.fr

- des fiches de lectures
- des commentaires littéraires
- des questionnaires de lecture
- des résumés

ANOUILH
- Antigone

AUSTEN
- Orgueil et Préjugés

BALZAC
- Eugénie Grandet
- Le Père Goriot
- Illusions perdues

BARJAVEL
- La Nuit des temps

BEAUMARCHAIS
- Le Mariage de Figaro

BECKETT
- En attendant Godot

BRETON
- Nadja

CAMUS
- La Peste
- Les Justes
- L'Étranger

CARRÈRE
- Limonov

CÉLINE
- Voyage au bout de la nuit

CERVANTÈS
- Don Quichotte de la Manche

CHATEAUBRIAND
- Mémoires d'outre-tombe

CHODERLOS DE LACLOS
- Les Liaisons dangereuses

CHRÉTIEN DE TROYES
- Yvain ou le Chevalier au lion

CHRISTIE
- Dix Petits Nègres

CLAUDEL
- La Petite Fille de Monsieur Linh
- Le Rapport de Brodeck

COELHO
- L'Alchimiste

CONAN DOYLE
- Le Chien des Baskerville

DAI SIJIE
- Balzac et la Petite Tailleuse chinoise

DE GAULLE
- Mémoires de guerre III. Le Salut. 1944-1946

DE VIGAN
- No et moi

DICKER
- La Vérité sur l'affaire Harry Quebert

DIDEROT
- Supplément au Voyage de Bougainville

DUMAS
- Les Trois
  Mousquetaires

ÉNARD
- Parlez-leur
  de batailles,
  de rois et
  d'éléphants

FERRARI
- Le Sermon sur la
  chute de Rome

FLAUBERT
- Madame Bovary

FRANK
- Journal
  d'Anne Frank

FRED VARGAS
- Pars vite et
  reviens tard

GARY
- La Vie devant soi

GAUDÉ
- La Mort du
  roi Tsongor
- Le Soleil des
  Scorta

GAUTIER
- La Morte
  amoureuse
- Le Capitaine
  Fracasse

GAVALDA
- 35 kilos d'espoir

GIDE
- Les
  Faux-Monnayeurs

GIONO
- Le Grand
  Troupeau
- Le Hussard
  sur le toit

GIRAUDOUX
- La guerre de
  Troie
  n'aura pas lieu

GOLDING
- Sa Majesté des
  Mouches

GRIMBERT
- Un secret

HEMINGWAY
- Le Vieil Homme
  et la Mer

HESSEL
- Indignez-vous !

HOMÈRE
- L'Odyssée

HUGO
- Le Dernier Jour
  d'un condamné
- Les Misérables
- Notre-Dame
  de Paris

HUXLEY
- Le Meilleur
  des mondes

IONESCO
- Rhinocéros
- La Cantatrice
  chauve

JARY
- Ubu roi

JENNI
- L'Art français
  de la guerre

JOFFO
- Un sac de billes

KAFKA
- La Métamorphose

KEROUAC
- Sur la route

KESSEL
- Le Lion

LARSSON
- Millenium 1. Les
  hommes qui
  n'aimaient pas
  les femmes

LE CLÉZIO
- Mondo

LEVI
- Si c'est un
  homme

LEVY
- Et si c'était vrai...

MAALOUF
- Léon l'Africain

MALRAUX
- La Condition humaine

MARIVAUX
- La Double Inconstance
- Le Jeu de l'amour et du hasard

MARTINEZ
- Du domaine des murmures

MAUPASSANT
- Boule de suif
- Le Horla
- Une vie

MAURIAC
- Le Nœud de vipères

MAURIAC
- Le Sagouin

MÉRIMÉE
- Tamango
- Colomba

MERLE
- La mort est mon métier

MOLIÈRE
- Le Misanthrope
- L'Avare
- Le Bourgeois gentilhomme

MONTAIGNE
- Essais

MORPURGO
- Le Roi Arthur

MUSSET
- Lorenzaccio

MUSSO
- Que serais-je sans toi ?

NOTHOMB
- Stupeur et Tremblements

ORWELL
- La Ferme des animaux
- 1984

PAGNOL
- La Gloire de mon père

PANCOL
- Les Yeux jaunes des crocodiles

PASCAL
- Pensées

PENNAC
- Au bonheur des ogres

POE
- La Chute de la maison Usher

PROUST
- Du côté de chez Swann

QUENEAU
- Zazie dans le métro

QUIGNARD
- Tous les matins du monde

RABELAIS
- Gargantua

RACINE
- Andromaque
- Britannicus
- Phèdre

ROUSSEAU
- Confessions

ROSTAND
- Cyrano de Bergerac

ROWLING
- Harry Potter à l'école des sorciers

SAINT-EXUPÉRY
- Le Petit Prince
- Vol de nuit

SARTRE
- Huis clos
- La Nausée
- Les Mouches

SCHLINK
- Le Liseur

SCHMITT
- La Part de l'autre
- Oscar et la Dame rose

SEPULVEDA
- Le Vieux qui lisait des romans d'amour

SHAKESPEARE
- Roméo et Juliette

SIMENON
- Le Chien jaune

STEEMAN
- L'Assassin habite au 21

STEINBECK
- Des souris et des hommes

STENDHAL
- Le Rouge et le Noir

STEVENSON
- L'Île au trésor

SÜSKIND
- Le Parfum

TOLSTOÏ
- Anna Karénine

TOURNIER
- Vendredi ou la Vie sauvage

TOUSSAINT
- Fuir

UHLMAN
- L'Ami retrouvé

VERNE
- Le Tour du monde en 80 jours
- Vingt mille lieues sous les mers
- Voyage au centre de la terre

VIAN
- L'Écume des jours

VOLTAIRE
- Candide

WELLS
- La Guerre des mondes

YOURCENAR
- Mémoires d'Hadrien

ZOLA
- Au bonheur des dames
- L'Assommoir
- Germinal

ZWEIG
- Le Joueur d'échecs

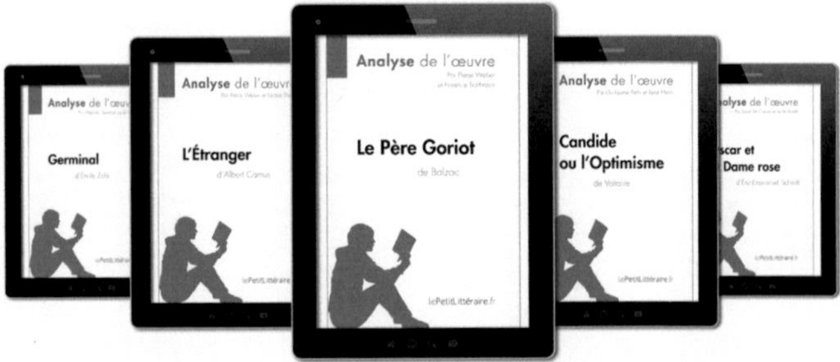